無線譜

蘇善童詩集

蘇善　著

自序　頑童詩

衷心所愛的童詩以及童詩集的特色，藉由創作與出版，一一展現於幾本著作當中，亦即《童話詩跳格子》（二〇一四年，聯經）、《貓不捉老鼠：蘇善童話詩》（二〇一六年，秀威少年）、《螞蟻路線：蘇善童詩集》（二〇二〇年，秀威少年）、《麻雀風了：蘇善童詩集》（二〇二二年，秀威少年）。針對這些著作，我也曾在在三篇專訪中自我探究，〈在裡面也在外面：我的童話詩創作〉（二〇一七年二月十九日，《國語日報‧兒童文學版》）談到創作與評論的雙重視角，特別強調「童話詩」的敘事形式；其次，〈跟著螞蟻，就能爬出詩句：詩人蘇善的自然書寫〉（二〇二〇年九月，《書香兩岸》第九十八期，頁三八—四三）聚焦於「自然書寫」的敘事內容。接著，〈你說麻雀怎麼風了？〉（二〇二三年一月十五日，《國語日報‧兒童文學版》）則透過標題中的「你說」、「麻雀」、「怎麼風了」三個面向，分析了個人的創作習慣與

技巧。

形式與內容，是創作的原點、過程與終點，日復一日，繞來轉去，寫來寫去，與「時」俱進。

這「時」，「明」則與分秒競速。

這「時」，「暗」則與心境同行。

明暗皆光，伺隙疊字，其巧妙，便是「頑」，固執的、無知的、貪心的、淘氣的，都有私念，但說身已功夫，只能動不動一行兩行一首兩首，才好今際回眸，把「共時」與「歷時」交織為此文。

凡此種種，如題：頑、童、詩。

拆開來看，正如形式、內容與技巧，可分說可以綜論。

當然，頑童詩也當考鏡，時收時攬，或旁觀或者踏看。

時而寫詩，時而畫圖，這一支筆吃墨二十多年，那一支筆噴彩未滿兩年，都在一字一筆叩問，詩如何「頑」？詩如何「童」？

為兒童寫詩，輕重深淺，如何磨轉？

若欲意味綿長，如何提腕？

若欲風趣別致，如何懸想？

頑、童、詩，如是所言，恰恰點睛，鏗鏗醒神。

故以單篇〈無線譜〉呼應其多重與複義，以「無線」超越界限，為全本嶄新詩集命名，跳躍行列，再探別境。本書收錄四十一首童詩，大多發表於《國語日報．故事版》，部分私藏於電腦檔案，每一首詩都有一幅相稱的插圖，原圖為A4尺寸，視野直長，營造遠眺近觀的視覺效果。感謝素真編輯大膽採用詩作與插圖，更感謝秀威少年惠賜出版機會，容允筆者詡詡誇示筆下海宇，勾畫展覽想像。

蘇善　二〇二三年三月定稿

目錄

下篇　那一支筆

上篇　這一支筆

寫字
不用蘸墨
一樣有橫有豎
四季聽見
裡裡外外
蟲魚鳥獸蹦跳的樣子

01.

大太陽

太陽有多大
西瓜上的黑籽兒
我一口吞下它

太陽有多大
冰棒上的紅豆沙
我一口吃下它

太陽有多大
雪花冰上的草莓塔
我一口一口啃了它

太陽有多大
哇哈哈
不敵我的大嘴巴

*發表於二〇〇九年八月一日《國語日報・故事版》。

02.

影子遊戲

樹的影子
是剛起床的巨人
正在等待童話
當做營養早餐

花的影子
是籠子裡的夜鶯
今天不想開嗓
最好連國王也別來煩

風的影子
是一支轉了半天的筆
加減乘除都用上
就是算不出正確答案

我的影子
是牛頓的那一顆蘋果
希望掉進宇宙求救
找外星人來幫我寫數學考卷

我的瞌睡蟲的影子
什麼都不是
因為它最擅長變形和隱形
可這時候它乖乖的
坐成一座雕像
張著大眼睛

*發表於二〇一一年七月八日《國語日報・故事版》。

03.

島的想像

有一隻鳥，
以為自己是島，
張開翅膀，
想要游到大海的邊邊角角。

有一座山，
以為自己是島，
伸直雙腳，
想要走到天空的邊邊角角。

鳥遇見山，
以為是路邊石頭愛胡鬧，
瞧了瞧，心裡想：
「矮個兒，別想比天高！」

山看見鳥，
以為是海裡鯨魚開玩笑，
瞧了瞧，心裡想：
「沒有鰓，水裡待不了！」

山和鳥一起住在一座小小島，
一個想低一個想高，
一個開心一個微笑，
一分過一秒，
時間很奇妙，
山變成島，鳥也變成島，
海中又多了一座無人島。

＊發表於二〇一二年二月十六日《國語日報·故事版》。

04.

夠大

松樹站在杉木旁邊
山夠大
地夠大
一呼一吸
吐納森林的氣息

風箏跑在雲朵旁邊
天空夠大
風夠大
一前一後
洩漏光陰行跡

小房子站在大樓旁邊
路夠大
巷子夠大

一高一低
展演城市活力

小貓趴在小狗旁邊
太陽夠大
凳子夠大
一醒一睡
等待主人的足音

＊發表於二〇一二年十月五日《國語日報・故事版》。

05.

找誰說話

找石頭說說話
問問泥土客氣嗎
常常被他抹得一鼻子灰嗎
下雨的時候
溼淋淋的，冷嗎
需不需要
借一把傘

找石頭說說話
問問青蛙可愛嗎
常常被他吵得整晚失眠嗎
夏天的時候
燒燙燙的，熱吧
需不需要
借一把傘

然後，石頭就會反問
有沒有找花兒說話
有沒有找小草說話
有沒有找大樹說話
有沒有找鏡子裡的自己說說話
聊一聊
天氣好嗎

*發表於二〇一三年四月八日《國語日報・故事版》。

06. 黑夜有幾頁

小鳥飛去上學
電線桿太多
翅膀很累
小貓飛去上學
忘掉牛奶，只喝一口水
鞋子留在家裡繼續睡
小狗飛去上學
鬧鐘喊破喉嚨也不敢怪誰
為啥偷偷的
喝了一口媽媽的黑咖啡

上學路上
大家一起飛
慢吞吞的
就是小烏龜

眼睛瞇瞇，嘴兒開開的
嗅著想著地面露水如何凝結
不知道
黑夜有幾頁
停在哪裡
故事才會願意早點睡

＊發表於二〇一四年二月二十五日《國語日報・故事版》。

07.

摸魚

在河裡摸魚
要等
水清見底

在湖裡摸魚
等一等
暴風雨慢慢會過去

在海裡摸魚
不能急
或許變成大海龜
跟著漂流
從赤道游到北極

在書裡摸魚
不分四季
一頁又一頁的筆記
灌錄蟲鳴鳥叫以及花開的聲音

在故事裡摸魚
不是想要讀通什麼道理
偶爾尋尋開心
笑痛肚皮

*發表於二〇一四年四月十九日《國語日報・故事版》。

08.

向日葵不是向日葵

風，自以為是
大呼小叫要說時間的故事

雨，自以為是
滴滴答答想刻英雄的名字

花草樹木紛紛裝扮世界的姿勢
蟲魚鳥獸嚷嚷做作四季的樣子

都給詩人爬了格子
一句一句解釋
風不是風，雨不是雨
可能是心裡那一間小屋子

都讓畫家動起刷子
一塗一抹透視
烏鴉不是烏鴉，向日葵不是向日葵
可能是腦袋裡那一只鐵籠子

＊發表於二〇一四年十月二十二日《國語日報・故事版》。

09.

無線譜

天空是無線譜
雲朵輕輕流動自在的曲式
風來撲
加快幾個小節
被看成捉迷藏的隊伍
矇著眼睛的
抓不到墊起腳尖的影子
鳥兒是附點音符
啾、啾、啾
說起山邊的故事

大樹是無線譜
在冷颼颼的季節裡掉光葉子
空巢是休止符
斑鳩一家避寒去了

暫居冰凍城市的某處
等待新芽冒出
空蕩蕩的枝幹上
連奏的是習慣自由的野鴿子
咕、咕、咕
被聽成打破寧靜的雷鼓

小娃兒也是無線譜
滑出媽媽的臂彎
嘴角掛著一串口水不是要糖吃
嗚、嗚、嗚
因為追不上蝴蝶跳舞
嗚、嗚、嗚
小松鼠是升降音符
上上下下

不想被抓進鏡頭
竄進誰的夢裡倒是十分有意思
啊，變成童話裝飾

*發表於二〇一五年五月六日《國語日報・故事版》。

10.

別進來

媽媽別進來
我的房間是海
沉船裡面的餅乾
是我打算招募鯊魚
去解救
我的機器人，被關在艙底
那一班鬼海盜不知道
會不會連我的作業簿也要搶去
上面的算術還剩三題
而床單以上的海平面
被我趴成大草原
目送，恐龍抱著蛋
移民海外

怪物別進來
我在夢裡有九千九百九十九個腦袋
白天忘記轉動的
通通打開
管來
管去
橫豎就是穿梭時空
我變成披著被單的超人拳打腳踢
頁頁奇遇
就怕上學的公車提早跑開
不等吉娃娃
去找媽媽
幫我把鬧鐘吵起來

*發表於二〇一五年六月四日《國語日報・故事版》。

11. 花時間

花的時間
在鐘裡面
一瓣一瓣放開
順著太陽笑了一整天

看花的時間
不夠給腦袋催眠
不夠跑進莊周夢裡再找個誰來
請問：變或不變

可是蜜蜂習慣探險
可是蝴蝶常常責怪小草很閒
忙了半天
什麼美國時間也沒瞧見
（就這麼發呆只會讓屁股冒煙）

於是花時間看書
於是裡裡外外散步，花時間
多繞半圈
忘記的答案一下子湧到眼前
（這才知道睡覺也要花時間）

＊發表於二〇一五年九月十四日《國語日報・故事版》。

12.

夢遊

夢裡最好玩
只要輾轉
數羊數到羊兒打鼾
枕頭起飛

下一秒抵達彼方
藍天與綠野等高、等寬、等長
花草剪接豔陽
不冷不熱
恰好隨意散步
不快不慢
風光跟著眼睛溜溜轉

沒有人擠人
連續夢，夢到提劍屠龍

清醒夢，毛了手腳撥撥雲
發現白日夢竟然正在製造靈感

*發表於二〇一六年十一月二十六日《國語日報・故事版》。

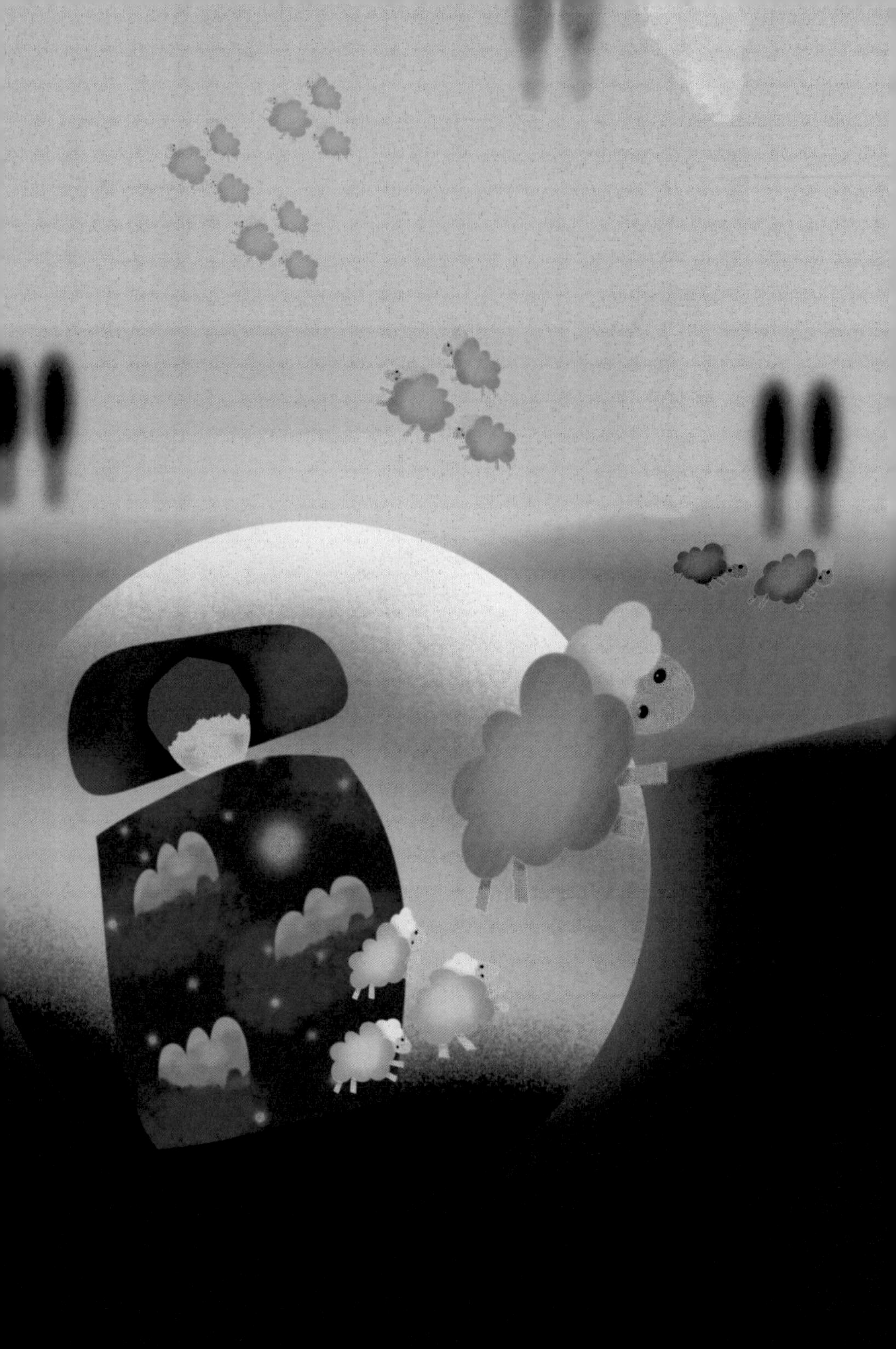

13. 星夜

誰在想啃過的字怎麼吐成珍珠
誰在想聽過的話怎麼跳出踢踏舞

在想沒開的花是不是藏著美麗的故事
在想沒孵的蛋能不能長翅

在想無土的果子也許假裝是霧
在想破了巢的鳥兒應該來借一面鼓

在想颳風其實幫了捲毛的獅子
在想下雨總為彎彎的小河譜寫新曲子

再怎麼想也記不得夢裡的道路
再怎麼想還是會滾下床鋪

不如想想月亮收集了幾顆牙齒
不如想想星星漩渦捲著多少迷思

再想一個大頭怎樣把失眠看得樂滋滋
再想兩個耳朵如何拉長去探聽蚊子

＊發表於二〇一七年一月二十一日《國語日報・故事版》。

14.

沒跟到

沒跟到
螞蟻九十九號轉得綁手綁腳
（明明路只有一條）
幸好蟑螂掉了一口蛋糕

還是沒跟到
螞蟻九十九號忙得逼手趕腳
（偏偏只念著一個味道）
希望蜜蜂沒看見那朵小花扶牆微笑

就是沒跟到
（會不會記錯地方）
螞蟻九十九號等得捏手又捻腳
聽說偷走恐龍蛋可以變成故事主角

為什麼一直沒跟到
（是不是整晚做夢）
螞蟻九十九號睡得縮手又縮腳
那天撿到的餅乾肯定是巫婆的魔藥

＊發表於二〇一七年四月二十六日《國語日報・故事版》。

15. 找時間

太陽在地上畫時間
長長短短
眼睛看也看不見

胖胖的影子被小狗舔一舔
留一口藏在齒縫裡面
（不怕夏天走遠）

月亮在夢裡話時間
呼嚕呼嚕
耳朵為什麼總是沒聽見

瘦瘦的影子被貓兒捲一捲
織一條圍巾可以把脖子繞三圈
（不怕冬天失眠）

昨天沒有發呆時間
今天一定要去散步
去摸摸大樹的臉

今天沒有三明治時間
不如明天扒拉扒拉
扒上海浪
拉一陣風
把想像帶去海邊

*發表於二〇一七年九月一日《新一代兒童週報・兒童文學館》。

16.
讀雲十四行

讀雲讀到直升機緊追老鷹抓小雞
讀雲讀出帽子藏著恐龍蛋
讀雲讀進棉花田裡找找小老鼠一起遊戲
讀雲讀成葉子撲撲簌簌比賽快慢

讀雲也讀雲後的天空有雷先讓閃電三秒鐘
讀雲還讀雲邊的鴿群咻咻準備把麵包屑搶光
讀雲不該漏掉風箏尾巴迸散一條彩虹
讀雲千萬不能忘記打開降落傘抓住太空艙

坐著讀，雲跑來挑剔詩句
躺著讀，雲飛去宇宙摘星星
趴讀的雲是一隻魔鬼魚
已讀不回的雲因為顛覆童話頭暈暈

讀雲怎的可以整天游山玩水
翻臉一黑只管蒙頭大睡

＊發表於二〇一七年十月二十三日《國語日報・故事版》。

17. 天空翻了一下

黑冠麻鷺呆了一下
是葉子喔
是葉子趁風打聽雨聲不打話
把季節翻了一下
（急著撕掉日曆要做啥）
噓……
別以為只有白頭翁抖到頭髮開花
嚇傻的
蚯蚓糾成一團
不敢回家
（黑冠麻鷺因此又呆了一下下）

搖搖晃晃的娃娃呆了一下
是鴿子唷
是鴿子搶快不吃蟲子就吃爆米花

把天空翻了一下
（急著抹黑白天想做啥）
嗚……
還以為只有小松鼠撞到尾巴開花
嚇哭的
沙皮狗皺成一團
不能跳恰恰
（所以娃娃又呆了一下下）

＊發表於二〇一七年十一月二十四日《新一代兒童週報‧兒童文學館》。

18.

夏天太長

在屋裡盪鞦韆
在書裡剪藍天
在畫裡跑進森林
不找巫婆找誰呢
找誰可以趕黑夜快一點
啊，夏天好長
小說已經看了三遍
毛筆已經練完兩個水缸
昆蟲觀察已經寫了一百卷
詩呢
無題又無題
昨日寫吃飯
今日寫睡覺
明天就寫地板游泳游了好遠
無人島上翻日曆

嗯，暑假還有幾天
在畫裡跑進花田
在書裡撿雪片
在屋裡駕駛太空戰艦

*發表於二〇一八年八月二十八日《國語日報・故事版》。

19. 秋天作畫

光源在五點五十五分的東方
準備調色盤
蘸水
把早晨打亮
等空氣透明
輕輕吹乾
點上忘記休息的夜燈兩三盞
欒樹的綠要給花穗留一撮嫩黃
雀榕的黃紛紛掉落地面
柚黃、橙黃、橘黃
裹著雨泥
溼溼重重的土黃

一隻黑冠麻鷺扭動脖子這麼唱：
「霧、霧、霧！」

索性潑墨嗎
不描山水
留給行人想像

*發表於二〇一八年九月二十二日《國語日報・故事版》。

20. 一窩風

小蜂、工蜂、大黃蜂
一窩蜂
探索時間的行蹤
嗅黃嗅紅
快一點
慢也一點
收集季節的顏色和氣味
藏進松鼠的樹洞
藏進魔術師的斗篷
藏進詩人的連續夢
化作風
撫面風、撩髮風、搔頭風
一窩風
東摸摸
西也摸摸

害得阿貓阿狗打瞌睡
不管誰把未來剪了幾分鐘

＊發表於二〇一八年十月四日《國語日報・故事版》。

下篇　那一支筆

畫圖
不用洗筆
不怕打翻調色盤
什麼顏料都試
形形色色
不怕蟑螂螞蟻啃了紙

21.

海邊的水牛

田耕過
青苗正喝著水呢
水牛偷閒
一起到海邊走一走

哖……來玩的沒半個
一定是海風太熱
不像我們
皮夠厚
海風根本颳不破

哖……找個什麼來當甜點
一定是海水太鹹
每根草枝

啃了半天
味道都像在吃鹽

哖……哖……
潮水還沒回來
不如去沙灘數數貝殼
每個貝殼
湊近耳朵
都是大海在唱歌

田耕過
青苗正喝著水呢
水牛有空
一起到海邊遛呀遛

22. 北風的明信片

好想收到北風的明信片
數一數雪地的冒險總共繞了幾圈

也想收到雲朵的明信片
說那藏著魔幻的顏色是怎樣軟綿綿

星星的明信片全部都是點、點、點
拜託月亮用微笑補充一個圓

如果收到松鼠的明信片
大概是抱怨常常被誰寫成詩篇

麻雀的明信片能不能嗅出金黃稻田
摻雜多少野鴿子的思念

大象的明信片也許遲到一整年
別怪螞蟻趕路，占據大家的斑馬線
天外飛來的明信片差點兒撞上火箭
急著報告哪一顆星球發現水源

＊發表於二〇一八年十一月二十一日《國語日報・故事版》。

23.

收集禮物

十二月喜歡收集禮物
一朵微笑（藏起夢裡的煩惱）
一個擁抱（裹著祝福）
一張紙條（寫上「辛苦了！」）
一封簡訊（是星星發送宇宙訊號）
一張明信片（黏貼北方的馴鹿郵票）
一顆栗子陀螺（旋轉森林氣息）
一盆迷迭香（陪伴窗台上的蜘蛛）
一枝藍雪花（樺斑蝶練習舞蹈）
一大早的冬陽（曬娃娃還曬了被子）
一首曲子（傾訴鄉思）
一張白紙
跳耀自由的文字

長吟成詩
劈里啪啦說故事

*發表於二〇二二年十二月十五日《國語日報・故事版》。

24. 曬翅膀

晨光一淌
躺成三十度的斜坡
暖洋洋
鴿子趴在草上
黑、白、灰以及斑斑點點
統統發懶
只有一隻來來回回撿拾水珠
兩隻梳理著彼此的耳鬢

晨光淌呀淌
洩漏葉子窸窸窣窣
悄悄討論
說天空都讓給了黃玉蘭
怕人劈手摘光白玉蘭
麻雀幫腔

斑鳩咕、咕、咕
插播一則都市怪談

昨夜大雨抒情整晚
濕意溢滿
浮動靈感
前前後後寫了三段
末尾才說黑冠麻鷺呆呆曬著翅膀
腳邊一條蚯蚓鑽出泥濘
滾著疑問：
「是誰搶了我的陽光？」

＊發表於二〇二〇年十一月十八日《國語日報・故事版》。

25.

鴿子理髮

厲害的嘴巴
捕風，不會誤闖老鷹翼下
接雨，甘霖留給稻田
（稻草人也解解渴吧）
把白雲舔做奶霜
把石頭嚼成糖沙
軟綿綿的水果都想吞了
不摘花
不用嘴巴吵架
喜歡詩人讚美
黃昏迷路被寫成一幅畫
厲害的尖嘴巴
啄幾下
挑剔陽光下的陰影
嚇跑蟲蟲蟻蟻

啄個幾下
（別說鴿子不會理髮）
瞧，頸上的羽毛不翹了
再輕輕啄個幾下
鬢絲又溜又滑

＊發表於二〇二〇年十一月二十四日《國語日報・故事版》。

26. 黑冠麻鷺之舞

落葉起拍
黑冠麻鷺舉高右翅
晨曦和目光聚攏過來
步道鋪砌舞台

涼風串場
欒樹綻黃
黑冠麻鷺緩緩挪腳
身體側轉同時拉出左翅
節律揉合詩意展開

九月秋分
十月霜降
歲時越見可愛
黑冠麻鷺忽而扭頸

對看影子瞪眼，問了
說人賣呆
是誰胡猜

*發表於二〇二一年十月八日《國語日報‧故事版》。

27.

影子理論

影子跟大樹講理
張開手臂難道想抓住誰的夢
孵出什麼蟲
所以想像拉起一張網
不管有沒有光
要來鑽縫或者放空

影子跟小草講理
站上牆頭是不是最早看見風
溜出哪個洞
所以算準了彎腰的角度
不管有沒有雨
想來淋詩，或者撲咚撲咚

影子找黑貓講理
那麼黑
在夜裡失蹤卻怪霧濃
拎起尾巴
躲了狗兒躲不了巫婆的斗篷

影子找烏鴉講理
那麼黑
在故事裡吊嗓又怪人裝聾
擲擲石子
趕了鴨子趕不了老和尚的鐘

28. 等公車

早上等公車
等著等著等到天黑怎麼沒半個影兒
（原來放假呢）

喜歡在春天等公車
蝴蝶等著蜜蜂等著天蛾等著花兒
（蝙蝠竟然先飛了）

最怕夏天等公車
手絹揮呀揮就是招不到風兒
（時間堆出一座沙漠）

秋天舒舒服服等公車
聽鴿群咕咕，瞧落葉轉著圈兒
（不想模仿天鵝）

冬天等公車
南極和北極一起繞著圍脖兒
（鼻子呼出一場白雪紛落）

晚上等公車
長長的一條闃黑被媽媽的廚房照著
（肚子早就餓了）

29. 懶人時間

欖仁時間
是葉子數落春天
掉光光的昨天以及早就忘記的
點、點、點
還有密密麻麻的未來啊
好遠好遠但是現在就好想看見
踮起腳尖
探一探宇宙傾向哪一邊
順便抓幾朵白雲
舔、舔、舔
不能被松鼠發現
懶人時間
是想像架空故事線
大懶人坐在樹下面
小懶人躺上草皮滾了三圈

唧唧咕咕的阿貓阿狗開始打哈欠
等風
催眠
如果夢境不夠新鮮
就拿影子當幌子
把有的沒的廢話刪一刪
把真的假的冒險編一編

30. 收音機

六月竊竊的蟬聲
收進枝葉之間
等盛夏
要等池蛙一起奏鳴
（別叫松鼠來聽）

瓢蟲囁囁的密語
收進花瓣之間
醞釀氣氛
準備朗讀一幕幕幻景
（還是別叫松鼠來聽）

路過的風，噓——噓——
全被收進蜘蛛絲絃
彈彈柔韌

飛飆的暴雨也不想喊停
（千萬別叫松鼠邀伴來聽）

斑鳩站在窗台咕、咕、咕
都被收進文字縫隙
敲敲胡思
詩人安安靜靜過濾世界的雜音
（別管松鼠聽見什麼，除了押韻）

31.

搶芒果

芒果黃了
風兒捧一下
雲朵啵一個
鴿子啄一口
長頸鹿扭了脖兒
（哪來的？）
大象哼一聲
（到底哪來的？）
獅子吼一吼
（竟然從草原跑來了？）
正在跳舞的松鼠接個正著
一隊螞蟻翻山越嶺已經來不及了
芒果熟了
貓兒舔舌
娃兒咿喔、咿喔

狗兒咬一口
幾隻麻雀討論顏色
（砸到臉頰會紫紫的？）
誰要拍一張
（把天對折？）
誰想畫一格
（還是把樹分割？）
拿起帽子和鞋子丟個正著
不然再長的竹竿也來不及了

32. 換個角度

鴿子算錯轉彎的秒速
松鼠跳過一棵開花的樹
斑鳩找不到那個爬滿藤蔓的窗戶
貓兒摔了影子
狗兒累壞了鼻子
老鼠鑽進一條沒頭沒尾的巷子
詩人寫壞嘆氣的句子
嗯，換個角度
雲朵噗噗閃躲落單的鴿子
風兒嘶嘶不想打擾葉子
害羞的窗戶喜歡把自己遮住
影子終於有了時間打呼
鼻子寧願嗅嗅曝曬的稻穀
巷子習慣拐來拐去拐到不見半間房子
文字只是借給詩人構思

唷，再轉一次
老鼠撿到虛擬漢堡夾起司
狗兒一邊打盹一邊跳舞
貓兒用箱子練習打鼓
斑鳩咕了一整個下午竟然沒說故事
松鼠想綁個辮子卻找不著梳子
鴿子啊鴿子
不准偷剪藍天回去當抹布

33.

白雲打瞌睡

擺出畫架
放置畫板
你面向九點鐘的陽光
我朝著只剩一抹霧的月亮
板凳不動

屁股黏貼時間
你的視界八方展開
我的畫面逼真疊上想像
打好草圖
慢慢上色
描花海，繪點蝴蝶飛翔的動線
塗綠野，抹平露珠懸掛的草原

幫毛毛蟲裹住美夢
把鴿子放回天空
讓松鼠邊嗑果子邊練嗓
讓狗兒搖頭搖尾也搖著風
瞧，白雲打瞌睡
鳥巢怎的破個洞

34.

貓老闆擺地攤

粉藍色的早上
貓老闆擺地攤
這邊沒人賣東賣西
（空空蕩蕩）
那邊沒人大聲小氣
（安安靜靜）

貓老闆的眼珠轉呀轉
左邊有上班的大人拖著腳
（早餐拎在手上）
右邊有上學的小孩瞇著眼
（夢境扛在背上）

只有在粉藍色的早上
貓老闆的鬍鬚油亮亮

又掏心又掏臂又掏掌
又掏針又掏線又掏盾
一片片落葉
有的綠有的黃
一句句感懷
有的長有的短
全是被風退稿的詩篇

35. 喜歡更喜歡

喜歡散步
慢慢走自己的路
看看天空
（昨天的雲比今天模糊？）
看看動也不動的樹
（外露的根等風來補土？）

好喜歡放步
更喜歡不時駐足
（搖手招呼貪吃的松鼠？）
東瞧瞧西望望
（脖子扭來扭去好像黑冠麻鷺？）
透視葉上的露珠
（難道是滾滾鏘鏘的宇宙星子？）

看進花瓣裡面的房子
（有沒有住著淘氣的仙子？）
更喜歡偶爾呆坐，有事沒事
披上陽光
旁聽麻雀和鴿子討論日子的溫度

36. 撿到一朵雲

撿到一朵雲能做什麼
不如撿到兩顆石頭
一顆迸出老虎魚
一顆孵出翼手龍
不如撿到三個毬果
一棵紅檜一棵扁柏
一棵香杉踮起腳好想搆到宇宙
問問季節變動
不能因為天空很風
就忘了鴿子銜詩要給瞌睡蟲
不能因為海上很風
就忘了小船可以勇敢游向龍宮
不能因為昨天很風
就忘了今天播種
不能因為現在很風

就忘了明天不會多出半分鐘
撿到一朵雲還能做什麼
可不可以塞成枕頭
這樣躺，那樣躺
閉上眼睛穿梭時空
就怕妖魔鬼怪占據連續夢

37. 球蘭

一團小宇宙
不輸韋伯望遠鏡找到的星河
翹盼多少時日
就有多少想像
掛在陽台召喚
讚嘆
詩篇
雖然這裡的太陽懶得起床
雖然這裡的月亮習慣躲人
沒有田園空曠
沒有庭院隔音
葉子同心
向光
氣根勃勃
吸收城市的養分

攀爬多少時日
就有多少力量
注入魔幻
描繪八分鐘之前的旅行

＊發表於二〇二二年八月二十日《國語日報・故事版》。

38.

害羞的詩

有唱歌的句子還有跳舞的動詞
有踢躂的字還有鼓掌的部首
有翻浪的筆劃還有收尾一撇像極了甩髮
又像挑眉
那麼一瞪

瞧，蜜蜂翹著屁股鑽進花蕊
瞧，阿貓阿狗偷偷瞄著彼此打盹的樣子
（眼皮遮住滾動的眼珠）

瞧，松鼠啃不完果子也不肯閉嘴半個小時
瞧，喜鵲銜著枯枝繞了一個大圈子
（竟然找不到隱藏在天空的地圖）

再一捺
鴿子咕咕
咕——
詩人曝光世界
描成害羞的詩

39.

哪兒也沒去

松鼠哪兒也沒去
就是數紅數綠
數著日子在那裡翻來翻去
就是吃軟吃硬
跟著風雨說東道西

松鼠哪兒也不去
就是跑上跑下
把小欖仁叫成小懶人
把大欖仁的果子丟給池塘的魚

松鼠哪兒都想去
找一找苦楝的影子躲去哪裡
猜一猜楓香的耳語說著什麼祕密

松鼠哪兒都能去
只要跳進故事裡
嗅嗅文字怎樣使喚魔力
瞧那詩人之眼
怎樣發現奇妙的

*發表於二〇二二年十一月二十六日《國語日報・故事版》。

40. 抓鴿子

抓不到鴿子
抓到風的屁股
才離開樹屋，那兒躺著松鼠
數著撿來的種子
（怎麼多了一顆小隕石）

抓不到鴿子
抓到雲的髮絲
才上了捲子，裡頭藏著朝露
想念大樹的鬍子
（好像少了一片簽名的葉子）

抓不到鴿子但是抓到迷霧
抓進眼睛裡
幫夢留幾隻，練習四季的舞步

抓到相機裡
幫彩霞留幾隻，點綴天空畫布

抓不到鴿子不如抓抓白天的影子
抓進屋子
在燈下問他時間如何加減乘除
書本都裝不進腦子
卻在筆下繞呀轉的，轉成一首詩

*發表於二〇一六年九月十四日《國語日報・故事版》。

41.
夏祭

好熱好熱
池裡的荷花低著頭
荷葉底下的青蛙沒有力氣唱歌
好熱好熱
汗水流成一條河
帽子冒煙
再大的陽傘也擋不住炙浪
樹葉娑娑
歡迎大雨撒潑
小草不彎不折
抓緊泥土就是了
再怎麼熱
也要散步，手絹拭額
再怎麼熱
也要跳舞，跟上節奏

再怎麼熱
也不能把漂亮的毛剃了
阿狗吐吐舌頭
阿貓翻翻白眼
再怎麼熱
也不能坐看冰川融了
聽聽河流怎麼說
問問森林需要什麼

*發表於二〇二二年八月十二日《國語日報・故事版》。